素描教学

对于美术高考而言，一直存在着考哪个学院就跟着哪个学院的画风走的问题，而且全国各地区的画风也都不同程度的存在着"地方特色"。这是由于各院校的培养方向及专业风格所致。中央美院是全国高等美术院校中的最高学府，教学传统及思路一直是比较权威及正规的。在这里谈的素描基础教学，我们以近些年中央美院素描考试中的一些变化为依据进行分析，以供广大考生参考。

中央美院基础教学工作有些新的调整，即在打好基础的同时，加强表现性和欣赏性，因此要求我们在高考前的训练过程中，一方面注重长期作业对形和结构的不断深入作严格的要求。另一方面更要注重短期作业的表现力和创造力。在传统的写实主义中探求变化，又在变化中追求传统艺术内涵的不断丰富。

高等艺术院校的素描考试，要求考生在较短的时间内，比较完整的表达所描绘对象以及表现出一定的创造力。概括来说，就是考查表现力与创造力。

画面的表现力是与基础教学密不可分的。绘画基础教学的目的是使学生认识到已存在的绘画的规律性与多样性，从而为其今后的创作提供必要的条件。我们现在所进行的基础教学，研究的都是西方写实主义画风，直至较晚的印象派画风。因此我们必须了解一些基础造型知识：

1．焦点透视：不同的视角，不同的位置所观察到的对象或成角透视的基本规律。

2．光线与物体：光线对物体的影响决定了其"色彩"关系，"无光即无色"，素描中的"色"即黑白灰的变化，光线在一天中的变化，及室内外的变化都会对物体的"色"产生影响，我们要研究其规律性。

3．解剖知识：因为我们通常的素描考试是考头像或胸像，所以除了透视与光线之外，我们还必须研究解剖知识。学生经常遇到的"形"不准的问题与解剖知识有着极大的关系，所谓的"形"，抛弃感觉因素也就两点：比例和结构。只要做准这两点，"形"都会准确。但是达到极"像"的要求，还必须有艺术表现力上的体现。

美术高考对表现力与创造力的考查，首先就是要检验考生是否具备这些基础知识。

表现力和创造力不是一两天所能具备的，它需要一个长期实践，反复思考的过程，而且要不断磨练才可养成。

素描要研究的问题无非"形"与"色"。

形，包括比例和结构。色，包括体积和黑白灰关系。

形的问题——通过大比例去找形象，"比例即形象"。找形要找基本型之间的比例，基本型即圆、方、三角。任何物体都可概括为这三种基本型的组合，学生一定要培养概括基本型的能力与观察习惯，这是找准形的前提条件，再就是正负形的关系，"正形"是用笔在纸面上创造出来的形象，"负形"则是我们通常谈的"背景"，这也是"底"关系，考生不但要去找边线以内的形，更要通过边线以外的空间去找形体的比例关系。如果能培养出习惯性地观察"大比例"的习惯，形的问题则会非常容易解决。

结构是讲各部分基本型的连接及穿插关系。比如头像，我们就要去研究头骨

董博泉（山东）
考入清华大学美术学院

1

中几个大块的穿插与比例，五官与头骨的关系，五官之间的穿插与连接关系，肌肉的连接与走向，这就需要将解剖知识熟记于心了。

色的问题——通过找"大体积"去塑造所描绘对象。我们一定要养成良好的观察和归纳大体积的习惯，"大体积"即是指我们概括出的大的正面、侧面、底面，而不同的面有着不同的颜色关系。一般来讲，正面最亮，其次是侧面，最重是底面。当然光线对面的颜色的影响非常之大，所以光线对物体影响的基础知识在绘画之前一定要先去分析，上颜色的时候用"大体积"的观察方法去观察结构，亮部的颜色不要画灰，暗部的颜色要深进去。

黑白灰的关系一定要拉开。首先是根据"大体积"去建立黑白层次，黑白层次拉得越开，整体效果越强烈，画面也会从众多试卷中脱颖而出，但是灰层次十分重要，一个人画得好不好，能力强不强全部体现在灰层次上，灰层次越丰富，体积感就越强，画面就越接近真实，也就越完整。素描从塑造的角度上讲就是去塑造两条线：边线、交界线。这两条线都是形，边线决定形状，交界线决定体积。当然它们同时都起着转折的作用。

关于亮、灰、暗部的特点以及与边线交界线的关系：

亮部——边线精确，对比强，颜色较少。

灰部——包括交界线，对比最强，颜色多，变化也多，层次最丰富。

暗部——边线不能对比过实，对比要弱，颜色比例少但重，层次变化比灰层次少。

素描训练中的长期作业与短期作业的关系是造型基础训练中的一个重要课题。长期作业是深入研究、探索造型规律必不可少的训练环节，没有学生对问题的反复推敲、揣摩是不可能具备对画面的深刻理解的。因此，要求学生一定要掌握大量的解剖知识、结构知识、体面知识，以及科学的观察方法和表达方式，只有这样才能不断的深入作品，达到长期作业的训练目的。但只有这样的训练是很不够的，我们同样明确要求学生回到短期作业中来，只有回到短期作业中才能够使学生真正理解知识、消化知识，才能够生动、自如地表达对象，才算是完成了一个训练过程。

至于创造力，创造力不是对所描绘物体的简单复制，而是学生经过培养与训练之后形成的对对象再创造的能力，它是任何一个艺术考生都必须具备的能力。

对事物、人物不同的观察习惯、观察角度以及不同的思维方式都会对画面的风格样式形成不同的影响。两个人观察同一样事物会产生不同的构图、塑造方法及表现效果，因此我们一定要先培养自己的逆向思维、放大或缩小的观察习惯，要用联想的、组合的思维去看待事物。所以考生一定不要忽视对观察习惯、角度、思维方式的培养，这方面的研究书很多，建议广大考生主动地去阅读。

吴作人美术学校是在吴作人国际美术基金会和吴作人夫人萧淑芳先生的关心下，于1998年冠名授权校长赵笠君创建的。学校一直秉承吴作人先生的教育思想，认真培养美术人才，以中央美院为主要方向，全部师资也主要来自中央美院，其次是清华美院，在短短的7年时间里，学校已有二百多名学生被中央美术学院录取，创造了辉煌的成绩。

陶关扬（辽宁）
考入中央美院

指导老师：赵笠君、沈姗姗（毕业于清华美术学院）、陈胜（毕业于中央美术学院）

石膏与静物素描教学

　　素描训练先是由简单的几何形体开始,之后是静物与石膏人像,最后过渡到人物写生。

　　静物素描在石膏训练的基础上增加了固有色的变化,这样就使学生要在理解形体空间的同时必须整体的处理画面中的颜色关系。

　　石膏人像是人物表达的基础,扎实的石膏写生是考前重要的训练内容,深入系统的研究必然带来主动的表现能力。

　　石膏没有固有色的变化和静止的特点为研究人物的结构关系、形体表现提供了较为便利的条件。而且所有的石膏像都是由艺术大师经典的雕塑作品翻制而来的,这些作品造型严谨且广为人知,因此石膏写生对形象的要求是极高的,这种练习对提高学生控制形的能力是必不可少的。

　　在石膏训练中,严格地把起稿和深入过程中对形的控制当作首要训练目标是非常重要的。很多学生顺利升入中央美院后,不无感慨的说:"正是这种严格训练造就了我们很强的写生能力、造型修养和如此出色的考学成绩。"

邱亮亮（吉林）
考入中央美院

孔庆娜（黑龙江）考入中央美院

穆川（山东）考入中央美院

画面颜色关系处理得很整体，表达大方轻松而又不失严谨

物体体积、质感空间的交代均很到位

邓建蒙（江西）

薛洁（山东）

（湖南）考入中央美院

郭雪莹（河北）

素描头像教学

　　头像素描是各大美术院校入学考试的科目之一,也是为后来的半身像素描作准备的课程，一般头像素描的要求我们分为两部分。

　　第一部分是基本要求: 它包括形象特征, 透视, 比例, 黑白关系以及深入刻画的能力, 这些都是学生在头像素描中首先应该解决的问题。

　　在抓人物的形象特征上, 要能用方圆的思维来分析人物特征, 体会不同的人给我们带来的不同的感受, 有的人脸和五官整体感觉圆一些, 有的人则方一些; 有的人五官圆, 脸方等等, 这些都是我们表现人物形象特征的重要依据。

　　然后在方圆的基础上比较五官的松紧关系, 也就是五官之间的距离感。有的人五官长的比较开, 有的人五官长的比较紧凑, 这也是人的形象特征之一。多感觉, 多比较, 经过一段时间的训练之后, 学生就能很容易把握住模特的形象了, 透视, 比例关系也能在抓人物形象特征时附带着交待清楚了。

　　黑白关系是一个很重要的问题, 有很多同学在画画时不注意人的脸与头发、五官以及衣服之间黑白灰的对比关系, 使得画面关系显的很混乱。深入刻画并不是一味的深入, 还是要注意整体的空间关系和颜色关系。

　　做到以上这些, 能保证在考试中得到一个基本的成绩, 再要提高就要做到第二部分要求: 有控制画面的能力和艺术的领悟力, 并且画面要富有艺术感染力, 这就需要学生有更高的艺术修养和艺术理解能力。

高思桦（山东）考入中央美院

何峥（湖南）考入中央美院

韩林娜（山东）

吕智强（黑龙江）

高思桦（山东）考入中央美院

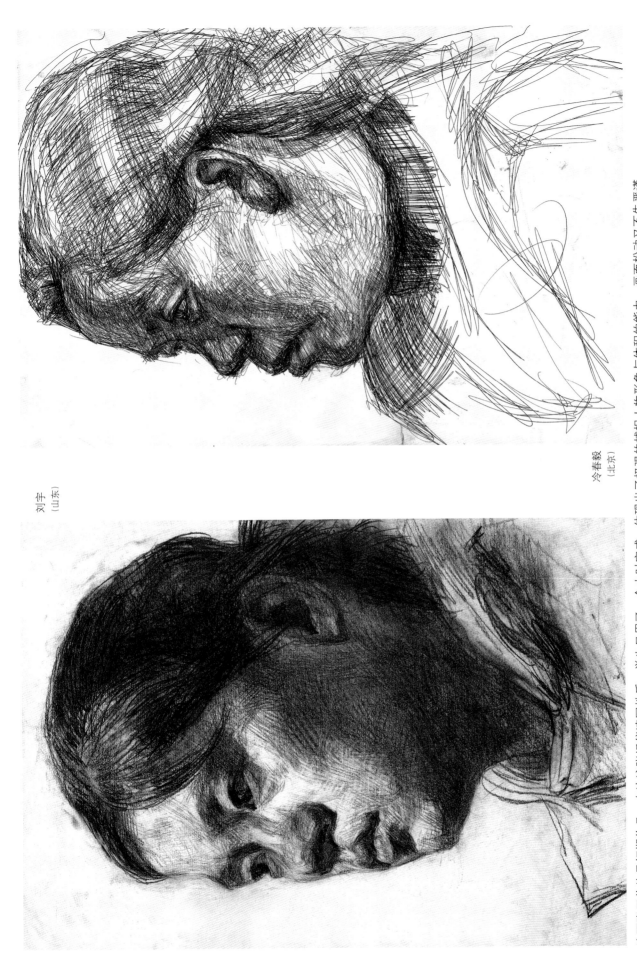

刘宇
（山东）

冷春毅
（北京）

这两张习作均是短期作业。右边这张近似速写性质，学生只用了一个小时完成，体现出了极强的捕捉人物形象与体积的能力，画面松动又不失严谨。
左边这张是三小时习作，学生表现出了概括大体积的能力，暗部颜色整体而不失层次，极好的衬托出了五官的刻画，如果把五官的节奏再拉开些就更好了。

张弓鸣（山东）

吕智强（黑龙江）

王楠（辽宁）

卢红远（辽宁）考入中央美院

人物形象处理准确生动，五官的处理体块感很强，不拖泥带水，整个头部的体积感也很强，
可见这个学生创作时一气呵成，状态很好。

高蓉（内蒙）

该画面整体严谨，形象准确，可贵之处在于五官的处理很有节奏和方法，颜色重但不重复，不腻，两个颧骨也很好的起到了转折侧面的作用。

陈曼丽 (河北) 考入中央美院

李梦雪 (北京) 考入中央戏剧学院

杨逸鸿 (湖南) 考入北京广播学院

画面整体感很强,人与空间的处理恰到好处,背景空间起到了极强的烘托作用,人物表情生动感人,很容易让观者与作者产生共鸣,人物脸部肌肉处理的层次感很好,体现了明显的年龄感。这张作品是描绘老年人的范本。

吕智强

彭黛西（北京）

中年男人的骨骼一般比较明显、突出，也极容易处理碎，但这张作品对人物面部的骨骼处理的很结实，五官的节奏也与脸部拉开了对比关系，五官处理的节奏感很好。若亮部层次再丰富些就更完整了。

陶关扬（辽宁）考入中央美院

冷春毅（北京）

人物表情和状态捕捉的很生动和迅速，我们在外面画速写或头像时，必须具备这种"捕捉"的状态，才能更好的把握对象。

刘凯（安徽）

人物的状态把握很准确，头颈肩关系处理的生动，五官整体，很好的体现了当时的光线。而且头部层次处理的既丰富又不重复，这是很值得肯定的。

吕智强（黑龙江）

双人像的处理很容易没空间，但该作品将第二人放在背景的位置，与主体人像拉开了距离，形成很强的空间关系。而且主体人物的五官与脸部的颜色也拉得很开，人物形象明确生动。

王拓（辽宁）

李锐（山西）考入中央美院

李锐（山西）考入中央美院

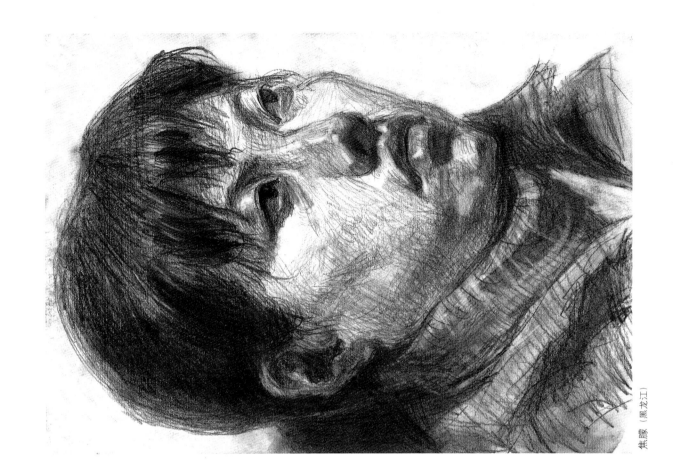

五官塑造的很结实，体积感很强，这是由于很好的掌握了解剖知识而形成的塑造意识。　　　　　吕智强〔黑龙江〕
颧骨的塑造也很有形，很整体，体现了良好的基本功。

素描半身像教学

素描半身像作为中央美院近几年来素描考试的要求，考前一定要加以重视。从头像过渡到半身像写生，也就是从头像五官练习发展到胸部与上肢的组合练习，头部只是画面的一个局部，所以研究人物上半身的结构关系和形体关系就变的非常重要了。但是头部的人物形象特征依然不能放松。这时头与整个上半身的透视关系的难度也较头像有很大的提高，人物神态气质的描绘和动态特征的捕捉，人物手部的结构和动态的刻画等，都要在画面中力争形神兼备。

在整体与局部关系的协调上，目的要明确，把头、手作为重点来刻画，身体可以概括一些。在颜色的处理上尽量整体一些，变化不宜过多，并且多考虑大的黑白灰色块的分布与安排，让画面多一些构成感，使作品有更强的艺术冲击力。

另外从图像过渡到半身像时，学生要进行一些局部练习，比如头、颈、肩的结构解剖练习，躯干的结构与解剖练习，手和上肢的结构解剖练习，都是很有必要的，这样让问题分开解决，学生学习的针对性增强，进步也更快。

在模特的安排与摆放上，也要做到变化多一点，以引起学生对模特的兴趣，让学生主动感受模特的气质和特征，在画画的过程中由被动变为主动，使作品富有感染力。

考前进行一定的素描全身像练习，也有利于素描半身像的提高。

付桂衍（山东）考入清华大学美术学院

邱亮亮（吉林）
考入中央美院

刘博阳（北京）考入中央美院

董博泉（山东）考入清华大学美术学院

邱亮亮（吉林）
考入中央美院

这张作业构图别致稳重，有较强的构成感，人物神态生动，有很强的艺术感染力。

王晓楠（辽宁）
考入中央美院

穆川（山东）考入中央美院

王臻达（山西）考入中央美院

正是因为用了许多速写的表现手法，使得画面轻松活泼，难能可贵的是作者在轻松之余并没有忽视对头与手的刻画。

王晓楠（辽宁）考入中央美院

贺雷（湖南）考入北京电影学院

半身像的塑造更需要整体观察的能力，首先做到头手与衣服的层次拉开，头颈肩臂的解剖知识及比例关系必须烂熟于心，然后才能谈到局部塑造的能力。这张画体现了半身像的基本要求，如果把衣服的亮暗关系再拉开些就更完整了。

李程程（内蒙）考入中央美院

魏银（山东）

这张作业形体浑厚饱满，显示出作者扎实的造型能力和严谨的艺术态度。如果能再注意一下黑白灰构成关系，画面表现力会更强一些。

李文（河南）考入中央美院

杨剑飞（辽宁）　　　　　　　　这张半身像体积关系强烈，人物动态准确严谨，很适合初画半身像的同学临摹。

邱亮亮（吉林）考入中央美院

邱亮亮（吉林）考入中央美院

王拓（辽宁）

半身象要表达的主要是头、胸廓、臂、髋骨、手这几部分的体积与结构关系。考生要有把握全局的能力就必须有极强的概括能力，从大的基本型的角度去找上半身的比例关系。

陈飞（山西）考入北京电影学院

陈旭（辽宁）

王拓〔辽宁〕

穆川（山东）考入中央美院

吕智强（黑龙江）

刘宇（山东）

黎薇　　考入中央美院

何峥（湖南）考入中央美院

曲苗苗（辽宁）考入中央美院

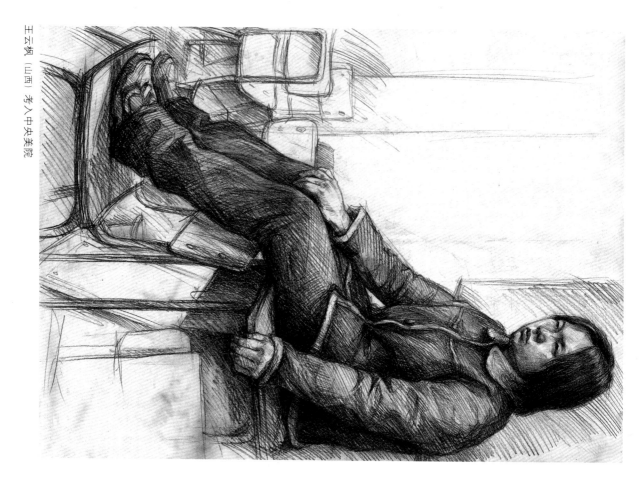

王云枫（山西）考入中央美院

贺雷（湖南）考入中央美院

画面清新自然，黑白灰构成关系得当，人物造型准确，显示出作者较强的控制画面的能力。

图书在版编目(CIP)数据

素描 / 吴作人美术学校编.—福州：福建美术出版社，
2005.7

(中央美院考前教学)

ISBN 7-5393-1608-X

Ⅰ. 素...　Ⅱ. 吴...　Ⅲ. 素描 – 技法（美术）– 高
等学校 – 入学考试 – 自学参考资料　Ⅵ. J214

中国版本图书馆 CIP 数据核字（2005）第 072111 号

中央美院考前教学

素　描

吴作人美术学校　编

福建美术出版社出版发行

福州德安彩色印刷有限公司印刷

开本：889mm × 1194mm　1/16　印张：4

2005 年 8 月第 1 版第 1 次印刷

印数：0001 — 5000

ISBN 7-5393-1608- X

J·1479　定价：18.00 元